KB155819

이 책의 그림과 시나리오를 쓴 웨이 미닥은 스트라스부르에
기반을 두고 활동하는 작가-삽화가입니다.

오렐 아리마는 앙굴렘에서 만난 웨이 미닥의 그림에 매료되어
이 책의 글 작업을 맡았습니다.

번역을 맡은 양영란은 다양한 프랑스 도서를 한국에 소개하고 있습니다.
대표 번역서로는 〈인생은 소설이다〉, 〈아가씨와 밤〉,
〈미국의 상폐〉, 〈계속 버텨!〉 등이 있습니다.

"나에게 책의 영감을 준 은혜에게 감사."

Originally published under the title: Duo Mambo © 2023
by Editions La Joie de lire S.A, Geneva, Switzerland, www.lajoiedelire.ch -
All rights reserved
Korean translation rights © 2023 by NAMHAEBOMNAL
Korean translation rights are arranged with Editions La Joie de lire S.A
through AMO Agency, Korea

인생은 둘이서 맘보

이 책을 모든 사랑하는 이들에게 바칩니다.

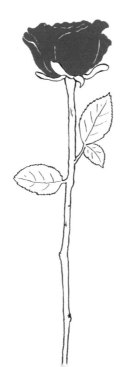

남해의봄날 ✱

기억해?

Te souviens-tu?

당신과
Toi

4
moi

우리는

chacun

제각기

de notre côté

춤추는 법을

nous avons appris

배웠어.

à danser.

어느 날
Un jour

당신이 나의 템포에 들어왔고

tu as croisé mon tempo

그렇게 우리는 듀오를 꾸렸지.

et nous avons créé un duo.

기억해? 우리의 첫 파 드 되*

Te souviens-tu de nos premiers pas de deux?

* 발레에서 두 사람이 추는 춤

첫 글리사드*, 첫 바트망,**

Premiers glissements, premiers battements.

* 미끄러지듯 옆으로 옮겨가는 스텝 ** 다리를 들었다 내리는 동작

우리의 첫 격정과 전율.

Premiers élans et frissons.

우리의 가속질주와 회오리.

Nos accélérations, nos tourbillons.

우리는 서로의 열정 속으로 얼마나 깊이 빠져들었던지.

Comme nous savourions notre passion.

우리의 소중한 듀오 맘보.

Notre précieux Duo Mambo.

조화로운 팀워크.

Coordination.

공중으로 치솟는 하이 스텝.

élévation.

하나 되기.
Fusion.

길게 늘이기.

Extension.

우리는 모색했지

Nous avons exploré

펙이나 많은 변주를.

tant de variations.

하지만 반복되는 동작들이 우리를 지치게 했어.

Mais ces mouvements répétés nous ont lassés.

우리의 리듬은 어긋났어.

Nos rythmes se sont décalés.

너무 잦은 회전, 잘못한 점프, 크로크샤세* 실수.

Trop de déboulés, de jetés, de chassés-croisés renversés.

* 남녀 무용수가 번갈아 가며 앞으로 튀어나오는 동작

치명적인 불안정성.

Trop d'instabilité.

이제 그만!

C'est assez!

그래도, 우리는 노력했어.

Pourtant, nous avons essayé

지난날의 조화로움을 되찾으려고 말이야.

de retrouver notre harmonie.

이리 뒤집고 저리 비틀어 가며

Nous avons réinventé, tourné et détourné

새롭게 탄생시켰어, 우리의 듀오 맘보를.

notre Duo Mambo.

그런데, 이제 와 내가 솔로를 하고 싶다면?

Et si, à présent, je préférais un solo?

대체 무엇이 적절한 템포였을까?

C'était quoi déjà le bon tempo?

다시 해 보자, 다시 구성을 짜고, 다시 만들어 보자.

Reprenons, recomposons, réinventons.

다른 스텝을 밟아 보는 거야.

Se laisser guider par d'autres pas.

다시 일으켜 세우고, 다시 조합해서 재창조하는 거야

Relever, combiner, recréer

우리의 듀오 맘보를.

notre Duo Mambo.

내 몸에 닿은 당신의 두 손

Tes mains sur mon corps

당신 심장의 온기

la chaleur de ton cœur

내 눈 속에 담긴 당신의 눈길

ton regard dans le mien

당신의 체취.

l'odeur de ta peau.

사랑해.

Je t'aime.

잠시 머물다 가는 숨결….

Juste un souffle...

나는 애써 중심을 잡아가며

Je cherche la balance.

우리의 리듬을,

Notre cadence.

무너지려는 균형을 찾으려 애써보건만.

Fragile équilibre.

당신도 기억하지?

Te souviens-tu?

인생은 둘이서 맘보 ———— 옮긴이의 말

살아오면서 난 늘 춤을 잘 추고 싶었다. 춤 잘 추는 사람이 몹시 부러웠
고, 나도 몸치에서 벗어나 그렇게 되고 싶었다. 하지만 그렇게 되기 위해
따로 노력을 한 적이 없으니, 그저 뜬구름 잡기 식 막연한 욕망에 지나지
않았다고 인정하는 게 옳을 게다.

그런 내가 춤이란 무엇인지, 춤을 잘 춘다는 게 무엇인지 다시 생각해 보고,
지금까지 나 역시 사실은 인생이라는 춤판에서 내내 춤을 추고 있었음을
깨닫는 소중한 기회를 얻었으니, 바로 〈인생은 둘이서 맘보〉 덕분이다.

이제 막 걸음마를 시작한 아기조차 음악 소리가 들리면 누가 가르쳐주지
않아도 앙증스런 엉덩이를 씰룩거리며 반응하는데, 음악을 따라가는 이
본능적인 몸의 움직임이 바로 '춤'의 시초일 터이다. 그러다가 본능적이
고 자발적이었던 움직임이 점차 복잡한 사회화 단계를 거치면서 정형화
되고 규격화된 동작들로 진화해 가는 과정에서 수줍음과 민망함 같은 성
격적 특성들에 따라 억압되기도 하고, 날렵함과 유연함 같은 신체적 우월
성에 의해 한층 두드러진 아름다움으로 승화되기도 할 것이다.

무대에서 혼자 독무를 추는 경우를 제외하면, 춤이란 거의 언제나 다른
사람(들)과 어울려 합을 맞추는 데에서 참다운 맛과 멋이 우러난다. 그
렇기 때문에 춤을 출 땐 같이 춤추는 사람들끼리의 템포 조율, 동작 공
조, 상대에 대한 배려, 그리고 무엇보다도 서로에 대한 신뢰가 중요하
다. 내가 이 타이밍에 이 정도의 속도로 발을 옮기다가 이 지점쯤에서 공
중으로 붕 떠오르면 내 파트너가 공중 퍼포먼스 후 아래로 떨어지는 나

를 든든하게 받아 줄 것이다, 템포가 느리면 느린 대로, 빠르면 빠른 대로 그는 나를 받아주기 위해 기다려 줄 것이다. 이런 믿음이 없다면, 무용수들이 어떻게 허공으로 치솟아 몇 번이고 연속으로 회전하는 어렵고 힘든 동작들을 감히 시도할 용기를 낼 수 있을까. 현란하고 우아한 움직임 뒤에는 비록 보이지는 않아도, 단순하고도 우직한 믿음이 깊이 뿌리 내리고 있다.

어렸을 때 가을 운동회 날이면 이인삼각이라는 게임이 단골 메뉴로 등장했던 기억이 난다. 엄마와 아들, 아빠와 딸, 선생님과 제자 등, 이렇게들 짝이 되어 한 발씩 묶은 두 사람이 마음을 맞출 생각은 않고 그저 이기고 싶다는 욕심만으로 성급하게 서두르면 자꾸 넘어지기만 할 뿐 앞으로 나아갈 수 없는 이 게임도 따지고 보면 본질적으로 춤과 다르지 않을 성 싶다. 둘 다 혼자서는 살 수 없는 우리네 인생의 축소판이라고 할까.

빨리 가려면 혼자 가고 멀리 가려면 함께 가라고 했던가.

하긴, 춤이니 이인삼각이니 하는 구실이 아니더라도, 이미 사람 인(人)자 자체가 서로가 서로에게 어깨를 내어주는 형상을 하고 있으니, 더 이상 무슨 말이 필요하랴.

2023년 겨울
양영란

도서출판 남해의봄날 _ 봄날이 사랑한 작가 10
글과 그림, 사진과 음악 등 그들만의 언어로 세상을 밝게 비추는 사람들이
있습니다. 숨겨진 작품들 혹은 빛나는 이야기를 가졌지만
세상에 잘 알려지지 않은 작가들의 이야기를 다양한 시선으로 소개합니다.

인생은 둘이서 맘보

초판 1쇄 펴낸날   2023년 12월 25일

시나리오·그림   웨이 미닥
글   오렐 아리마
번역   양영란
편집인   박소희, 천혜란·
마케팅   이다석
디자인   류지혜

인쇄   미래상상

펴낸이   정은영편집인
펴낸곳   (주)남해의봄날
        경상남도 통영시 봉수로 64-5
        전화 055-646-0512
        팩스 055-646-0513
        이메일 books@namhaebomnal.com
        페이스북 /namhaebomnal
        인스타그램 @namhaebomnal
        블로그 blog.naver.com/namhaebomnal

ISBN 979-11-93027-25-7 03860

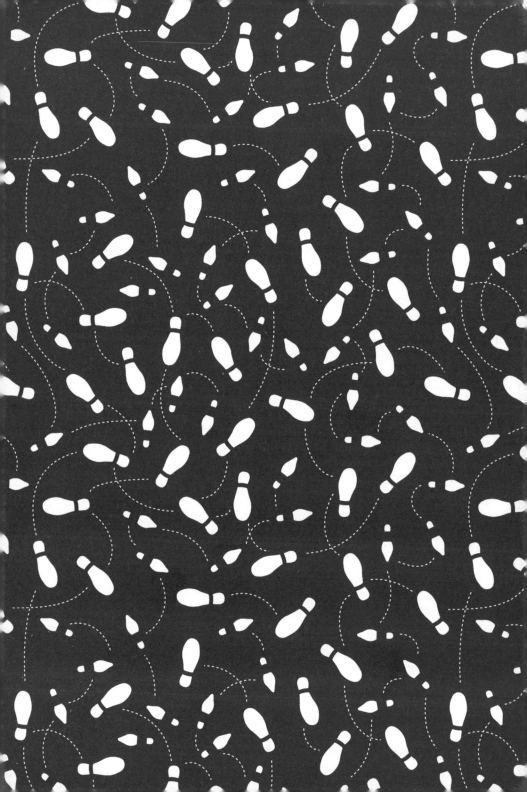